Katharina Kühl · Die Rotoffels und das Ungeheuer

Katharina Kühl

Die Rotoffels und das Ungeheuer

Zeichnungen von Michael Schober

Loewe

Die Deutsche Bibliothek – CIP-Einheitsaufnahme

Kühl, Katharina:
Die Rotoffels und das Ungeheuer/ Katharina Kühl.
– 1. Aufl. – Bindlach : Loewe, 1997
(Lesekönig)
ISBN 3-7855-3092-7

Dieses Buch ist auf chlorfrei gebleichtem Papier gedruckt.

ISBN 3-7855-3092-7 – 1. Auflage 1997

Umschlagzeichnung: Michael Schober
Umschlagkonzeption: Funke-Frahm
Satz: DTP im Verlag
Gesamtherstellung: Westermann Druck Zwickau GmbH
Printed in Germany

Inhalt

Das Ungeheuer

Wie immer herrschte auch an diesem Morgen ein wildes und ohrenbetäubendes Durcheinander in der Rotoffelhöhle. Kein Wunder, denn Rotoffels – besonders kleine – hören auch beim Frühstück nicht auf, laut zu lärmen und herumzuzappeln. Mit anderen Worten, sie können weder still sitzen noch still liegen oder still stehen. Eigentlich können sie überhaupt keinen einzigen Moment ruhig sein! Dazu haben sie einen zu großen Mund und viel zu viele Beine. Neun Stück um ganz genau zu sein. Neun kurze, aber flinke Beine mit Grabschern daran, die halb wie Hände und halb wie Füße aussehen. Und alle neun Beine sitzen direkt am Kopf.

Der Kopf ist natürlich das Wichtigste bei einem Rotoffel! Er ist rund. Manche Köpfe sind auch länglich oder eiförmig. Manche sind an einer Seite platt. Andere haben Beulen. Manche Köpfe sind kleiner, manche sind größer. Fast wie Kartoffeln. Wie rote Kartoffeln. Die Rotoffels sind nämlich rot.

Augen haben die Rotoffels übrigens auch wie Kartoffeln. Sie sitzen irgendwo am Kopf. Mal ist es nur ein einziges, mal sind es aber auch drei oder sogar noch mehr.

In der Mitte des Kopfes – obwohl es ja schwer zu sagen ist, wo bei einem Rotoffel oben und unten ist – haben sie einen breiten Mund, der genau wie die Beine nie still steht. Damit schreien, brüllen oder heulen die Rotoffels um die Wette. Sie jaulen und jodeln, quietschen und singen, summen, brabbeln, brummen und kichern pausenlos. Die allermeiste Zeit aber lachen sie.

Warum auch nicht, denn ein Rotoffel zu sein ist wirklich ein Glück! Rotoffels brauchen sich zum Beispiel nicht zu waschen. Wozu auch? Da sie sich kugelnd fortbewegen, fällt der Schmutz auf der unteren Seite immer von alleine wieder ab.

Zur Schule gehen müssen die kleinen Rotoffels auch nicht. Alles, was sie können müssen, ist Eicheln sammeln. Und das ist nun wirklich nicht schwer, wenn man neun flinke Grabscher hat.

Eicheln, das muss man wissen, sind die absolute Lieblingsspeise der Rotoffels. Ja, sie essen überhaupt nichts anderes.

Die Rotoffel-Mama kocht aus Eicheln die leckersten Gerichte: Eichelbrei für die Kleinsten, Eichelklopse und Eichelklöße. Aber sie kann auch so feine Sachen zubereiten wie Eichelbonbons, Eichelwackelpudding, Eichelkekse und sogar Eichelpopcorn!

Hat ein kleiner Rotoffel einmal Schluckauf, was ziemlich oft vorkommt, denn Rotoffels quasseln natürlich auch ständig beim Essen, dann gibt es Eichelwurzelsaft. Der schmeckt so köstlich, dass alle Rotoffelkinder von klein auf eifrig Schluckaufhaben üben.

Die Rotoffels wohnen in einer Erdhöhle. Der Eingang zur Höhle ist so gut versteckt im Unterholz, dass ihn nur die Rotoffels selbst finden können.

Es gibt eine Esshöhle, in der es stets wundervoll duftet, weil die Rotoffel-Mama von morgens bis

abends kocht. Sie braucht dazu immer gleich mehrere Kochlöffel auf einmal. In einer mit trockenen Blättern ausgepolsterten Nebenhöhle schlafen die Rotoffels. Der Rotoffel-Papa, die Rotoffel-Mama und ihre zwölf Kinder: die drei großen kleinen Rotoffels, die drei mittelgroßen kleinen Rotoffels, die drei kleinen kleinen Rotoffels und die drei klitzekleinen kleinen Rotoffels.

Ganz hinten in der Schlafhöhle, auf einem besonders weichen Mooslager, schläft der Ururahn, der allerälteste Rotoffel. Er schnarcht ganz fürchterlich und wacht nur selten einmal auf. Eigentlich nur bei außergewöhnlichen Anlässen. Neben der Esshöhle gibt es

noch eine weitere Höhle. Es ist die größte und wichtigste von allen, denn dort bewahren die Rotoffels ihre Eicheln auf.

An diesem Tag – wie an allen anderen – waren die kleinen Rotoffels früh in den Wald gelaufen um Eicheln zu sammeln. Der Ururahn schlief. Die Rotoffel-Mama backte Eichelkekse. Der Rotoffel-Papa schaute ihr dabei zu und wartete ungeduldig auf die erste Kostprobe.

Doch plötzlich ließ die Rotoffel-Mama ihren Teig stehen und wandte sich seufzend an den Rotoffel-

Papa: „Ich weiß nicht, ich weiß nicht“, sagte sie. „Ich habe so ein ungutes Gefühl!“

„Was für ein ungutes Gefühl denn?“, fragte der Rotoffel-Papa. Er fand Gefühle nicht wichtig. Weder gute noch ungute. Jedenfalls nicht halb so wichtig wie frisch gebackene Eichelkekse!

„Ich habe ein Gefühl, als wenn unsere Kinder in Gefahr sind“, sagte die Rotoffel-Mama.

„In Gefahr? Was soll das denn für eine Gefahr sein? Für Rotoffels gibt es keine Gefahren! Erinnere dich daran, was der Ururahn gesagt hat: Wir wohnen auf einer Insel. Auf einer Insel in einem großen Fluß. Rings um uns herum ist Wasser. Keiner kann uns hier überfallen. Es sei denn, er macht einen riesigen Sprung!“ An Schwimmen dachte der Rotoffel-Papa gar nicht.

Doch die Rotoffel-Mama beruhigte das kein bisschen. „Wohnen wir denn wirklich ganz allein im Rotoffel-Land?“

„Ja“, sagte der Rotoffel-Papa. „Bis auf ein paar entfernte Verwandte, die Spinnoffels. Die spinnen zwar, aber gefährlich sind sie nicht. Außerdem wohnen sie ein ganzes Stück weg von uns. Glücklicherweise“, setzte der Rotoffel-Papa befriedigt hinzu.

„Trotzdem fühle ich, dass da eine Gefahr ist“, beharrte die Rotoffel-Mama. „Eine Gefahr für unsere Kinder! Ich weiß nur nicht, von wem oder was.“

„Und ich wette einen Puma, dass da nichts ist“, antwortete der Rotoffel-Papa. Gefahren bedeuteten Probleme und Probleme mochte er nun mal nicht. Die waren womöglich mit Arbeit verbunden! Arbeit war dem Rotoffel-Papa erst recht zuwider! Er machte um alles, was auch nur ein kleines bisschen nach Arbeit roch, einen großen Bogen. Das Einzige, was er überhaupt tat, war wetten. Er wettete immer um Pumas, obwohl kein Rotoffel so richtig wusste, was ein Puma eigentlich ist.

Mit Ausnahme des Ururahns vielleicht. Der murmelte manchmal etwas von „Puma“ und „alten Zeiten“ und „großer Not“. Aber da der Ururahn so gut wie immer schlief, glaubten alle anderen Rotoffels, er rede im Traum. Und keiner hörte so richtig zu.

Hätten sie ihm nur zugehört, wenn er im Schlaf vor sich hin murmelte. Hätten sie doch nur! Schließlich war der Ururahn der älteste und erfahrenste Rotoffel. Doch Zuhören war nun mal nicht die starke Seite der Rotoffels.

Bulli, Balla-Balla und Billi, die drei großen kleinen Rotoffels, wagten sich wie immer am weitesten von der Höhle weg. Eben waren sie beim Heideberg angelangt. Dort stand eine ganz besondere Eiche, die ganz besonders saftige Eicheln trug.

Nachdem die drei eine große Menge Eicheln gesammelt und sie zu einem Haufen aufgeschichtet hatten, beschlossen sie erst einmal das Eichel-Aufknack-Spiel zu spielen.

Das Eichel-Aufknack-Spiel war Billis Erfindung. Man warf sich die Eicheln dabei gegenseitig an die Köpfe, bis sie mit einem leichten „Plopp" aufknackten. Das klappte immer und tat auch nicht weh, denn Rotoffelköpfe sind unbeschreiblich hart. Den drei großen kleinen Rotoffels machte das Spiel einen Riesenspaß.

Plötzlich sahen sie es. Alle drei gleichzeitig. Auf dem Hügel gegenüber stand ein grässliches Ungeheuer! Es war riesengroß. Es hatte die milchighellbraune Farbe frisch gekochten Eichelbreis. Es schien nur aus Muskeln zu bestehen, die unter dem glatten Fell zuckten. Sein Schwanz war mindestens einen Meter lang. Zwar hatte es nur vier statt neun Beine, aber was für welche! Wahre Säulen mit Pranken daran, von denen jede einzelne so groß war wie ein ganzer ausgewachsener Rotoffel! Am furchterregendsten aber war der lauernde vorgestreckte Kopf. Obendrauf zwei zuckende Felltüten; darunter die Augen, ebenfalls zwei, schräg gestellt und mit einem mordlustigen Funkeln darin.

Und dann das Maul: Das war so gewaltig wie ein Abgrund, mit Reißzähnen, die Hackbeilen glichen!

Plötzlich duckte sich das Ungeheuer und machte einen gewaltigen Satz über das Tal zwischen den beiden Hügeln. Direkt auf die drei kleinen Rotoffels zu.

Starr vor Schreck blieben die drei wie angewurzelt stehen. Sie wären sicher verloren gewesen, wenn der Sprung des Ungeheuers nicht ein winziges bisschen zu kurz geraten wäre. Es verfehlte sie nur um eine Nasenlänge!

Das Ungeheuer strauchelte, hing einen Moment in der Luft, dann rutschte es unter wütendem Gefauche den Abhang hinunter.

Die kleinen Rotoffels nutzten den Moment um so schnell wie möglich auf ihre Eiche zu klettern. Da verbargen sie sich im dichten Blätterwerk.

Mit ihren zusammen siebenundzwanzig Händen beziehungsweise Füßen klammerten sie sich ängstlich aneinander und konnten sich eine lange, lange Zeit weder rühren noch irgendetwas sagen. Was für Rotoffels wirklich ungewöhnlich ist!

Bis zum Einbruch der Dämmerung saßen die drei aneinander geklammert da. Dann lösten sie sich voneinander und spähten vorsichtig um sich.

Erst als sie ganz sicher waren, dass das Ungeheuer nicht mehr in der Nähe war, ließen sie sich vom Baum fallen und rannten in Windeseile zurück zur Rotoffelhöhle.

Ihre Eicheln hatten sie vor Schreck vergessen.

Noch ganz außer Atem erzählten Balla-Balla, Billi und Bulli den anderen von ihrem schrecklichen Erlebnis, von dem grässlichen Ungeheuer, das sie hatte verschlingen wollen.

Jetzt wusste die Rotoffel-Mama, dass ihr Gefühl sie nicht getrogen hatte. Es gab tatsächlich eine Gefahr! Eine sehr große sogar! Ein Ungeheuer steckte dahinter, das ungeheuer groß, ungeheuer stark und ungeheuer schnell zu sein schien.

Zum ersten Mal wurde es so still in der Rotoffelhöhle, dass man ein trockenes Eichenblatt hätte herunterfallen hören können.

In diese Stille ließ sich plötzlich unverhofft der Ururahn vernehmen: „Puma! Puma!“, krächzte er. „Löwe der Berge! Rotoffelfresser! Wieder gekommen! Wieder gekommen!“

„Ein Puma? Ein Löwe der Berge? Was meinst du damit, Ururahn?“, fragte die Rotoffel-Mama aufgeregt. Aber sie bekam keine Antwort auf ihre Frage, denn der Ururahn war bereits wieder eingeschlafen. Sein gleichmäßiges Schnarchen war nicht zu überhören.

Dafür erinnerte sich der Rotoffel-Papa jetzt wieder an etwas: „Ich glaube, der Ururahn hat mal erwähnt, dass die Rotoffels vor langer, langer Zeit schon einmal von so einem Ungeheuer überfallen worden sind.“

„Und dieses Ungeheuer heißt Puma?“, fragte Billi.

„Richtig“, sagte der Rotoffel-Papa.

„Und was ist ein Puma?“, wollte Bulli wissen.

„Jetzt fällt es mir wieder ein“, antwortete der Rotoffel-Papa. „Pumas sind Berglöwen. Es sind mächtige Raubkatzen. Schnell und mordlustig. Und was am schlimmsten ist ...“, hier machte der Rotoffel-Papa eine bedeutsame Pause, „Pumas fressen am liebsten Rotoffels!“

Die Rotoffel-Mama ließ sämtliche Kochlöffel fallen. „Wir müssen etwas unternehmen!“, rief sie entschlossen. „Wir müssen uns gegen den Puma wehren, sonst sind wir verloren!“

„Aber wie?“, fragte der Rotoffel-Papa. „Ich wette zwei Pumas ...“

„Hör sofort mit dem Pumawetten auf!“, unterbrach ihn die Rotoffel-Mama gereizt. „Das ist jetzt wirklich nicht der Moment! Egal wie“, fuhr sie dann fort, „eine Möglichkeit muss es geben, sich gegen das Ungeheuer zu schützen. Die Rotoffels damals, in den alten Zeiten, haben es ja auch geschafft. Sonst würde es uns heute schließlich nicht geben, oder?“

„Darauf wette ich ...“, fing der Rotoffel-Papa an, klappte aber rasch seinen Mund wieder zu.

„Was können wir nur tun?“, überlegte die Rotoffel-Mama wieder.

„Der Ururahn muss es doch wissen“, sagte Billi.

„Natürlich!“ Die Rotoffel-Mama war froh zur Abwechslung einmal etwas Vernünftiges zu hören. „Der Ururahn muss es wissen. Und er muss uns das Geheimnis verraten. Ich werde ihn sofort wecken!“

Aber das war leichter gesagt als getan. Der Ururahn schlief ganz fest. Und wenn er einmal schlief, war er so leicht nicht wach zu bekommen. Die Rotoffel-Mama versuchte es vergeblich.

„Nichts zu machen“, sagte sie zu ihren Kindern.

„Aber inzwischen dürft ihr auf keinen Fall mehr in den Wald zum Eichelnsammeln gehen! Mit dem Puma ist nicht zu spaßen!"

„Wenn sie keine Eicheln mehr sammeln gehen, werden wir alle verhungern!", rief der Rotoffel-Papa.

Damit hatte er leider Recht. Doch noch war die Speisekammer gut gefüllt. Für ein paar Tage würden die Vorräte reichen.

„Bis dahin werde ich den Ururahn schon wach bekommen!", versprach die Rotoffel-Mama. „Und er muss uns sagen, was wir tun sollen! Oder hat jemand einen anderen Vorschlag?" Den hatte keiner.

Also machten sich die Rotoffels erst mal über ihr Abendbrot her. Noch gab es ja genügend zu essen. Aber es war längst nicht so lustig wie gewöhnlich bei den Mahlzeiten. Die Stimmung war gedrückt. Zwar machten die Rotoffels immer noch eine Menge Radau, aber gelacht wurde nur noch ab und zu, und auch nur, weil man es sich nicht so rasch abgewöhnen konnte.

Der Pechvogel

Natürlich war es Balla-Balla, die die ganze Sache im wahrsten Sinne des Wortes ins Rollen brachte. Balla-Balla war der Rotoffel-Pechvogel. Bei ihr ging immer irgendetwas schief. So etwas gibt es ja. Wenn die zwölf kleinen Rotoffels zum Beispiel Eicheln sammeln gingen, und unter den gesammelten Eicheln war eine einzige taube, also eine, die innen hohl war, wer hatte die wohl? Balla-Balla, richtig!

Wer nun aber denkt, dass Balla-Balla deshalb zu bedauern war, der kennt die Rotoffels schlecht! Natürlich wollten sie sich jedes Mal ausschütten vor Lachen über Balla-Ballas Pech. Aber dann schenkte ihr jeder seine allerbeste Eichel, sodass am Ende Balla-Balla elf allerbeste Eicheln besaß und die anderen elf kleinen Rotoffels nur lauter zweitbeste. Nein, Balla-Balla musste wirklich keiner bemitleiden!

Aber es war auch kein Wunder, dass das, was den kleinen Rotoffels an diesem Nachmittag passierte, von Balla-Balla ausgelöst wurde.

Die Rotoffels hatten sich wegen des Pumas einige Tage lang nicht in den Wald getraut. Aber jetzt war es höchste Zeit. Die Speisekammer war bis auf ein armseliges Häufchen Eicheln leer. Doch das war nicht der einzige Grund für die kleinen Rotoffels wieder hinauszugehen. Sie wollten mal wieder so richtig herumtoben. Und das geht in einer Höhle nun mal nicht so gut wie draußen im Wald.

„Aber seid um Himmels willen vorsichtig", hatte die Rotoffel-Mama ihre Kinder besorgt gewarnt. Es war ihr nämlich immer noch nicht gelungen den Ururahn zu wecken und ihm zu entlocken, wie man sich gegen den Puma schützen konnte.

„Und denkt daran, dass der Puma viel größer ist als ihr", hatte der Rotoffel-Papa hinzugefügt.

Aber das wussten die kleinen Rotoffels ja selbst. Natürlich waren sie vorsichtig. So vorsichtig es nur ging.

Sie bildeten eine Kette, die von der Höhle bis zur nächsten Eiche reichte. Die großen kleinen Rotoffels sammelten die Eicheln auf und warfen sie den mittleren kleinen Rotoffels zu. Die gaben sie an die kleinen kleinen Rotoffels weiter, bis sie dann bei den klitzekleinen kleinen Rotoffels landeten, die sie in die Speisekammer brachten.

Die Augen hielten natürlich alle offen. Sollte einer den Puma entdecken, würde er die anderen sofort warnen. Dann hieß es: Zurück in die sichere Höhle! Wobei die kleinsten dann den kürzesten Weg hatten.

Glücklicherweise ließ sich das Ungeheuer jedoch den ganzen Tag nicht blicken und die kleinen Rotoffels wurden langsam mutiger. Eicheln hatten sie fürs Erste genug gesammelt. Deshalb beschlossen sie auf dem freien Platz vor der Höhle noch ein bisschen Puck zu spielen.

Puck war ihr Lieblingsspiel. Sie spielten es natürlich mit Eicheln. Nur der Puck selbst war ein Stein, oder genauer gesagt, ein Steinchen. Der Puck wurde auf den Boden geworfen und ringsherum wurde ein Kreis gezogen. Dann stellten sich die kleinen Rotoffels davor und zielten. Wer dem Puck mit seiner Eichel am nächsten kam, hatte gewonnen und durfte alle Eicheln aufessen.

Natürlich gab es bei jeder Runde ein Riesenspektakel! Alle kleinen Rotoffels schrien durcheinander. Jeder behauptete von sich der Gewinner zu sein. Kein Wunder, denn eine Eichel sieht ja aus wie die andere! Es krakeelten sogar die Rotoffels, die überhaupt nicht mitgespielt hatten, weil sie ihre Wurfeichel in der Aufregung längst aufgefuttert hatten.

Es gab auch anerkannte Puck-Meister unter den kleinen Rotoffels. Billa zum Beispiel. Die traf den Puck beinahe ohne hinzuschauen.

Balla-Balla dagegen verfehlte ihn meistens. Das erstaunte keinen. Am wenigsten sie selbst. Schließlich war sie der Rotoffel-Pechvogel!

Jetzt flog die Eichel sogar so weit aus dem Kreis hinaus, dass sie loslaufen und sie suchen musste.

Sie kam nicht wieder. Balli vermisste sie als Erster. „Balla-Balla ist weg!“, rief er.

Sofort hörten die anderen auf zu spielen. Alle dachten das Gleiche: der Puma! Aber niemand hatte ihn gesehen oder gehört. Und Spuren gab es auch keine.

Hatte sich Balla-Balla vielleicht nur versteckt? Die kleinen Rotoffels sahen sich um. Sie schauten unter jeden Strauch, hinter jedes Grasbüschel. Von Balla-Balla keine Spur!

„Die Erde kann sie doch nicht einfach verschluckt haben!“, rief Bulla ratlos.

Aber genau das war der Fall. Balli entdeckte wenig später das Loch im Boden. Eigentlich war es eher ein Riss in einem Felsen.

„Hier muss sie hineingefallen sein“, sagte er.

„Typisch Balla-Balla“, meinte Billa. Damit hatte sie Recht. Denn wenn mal ein Rotoffel irgendwo hineinfiel, dann konnte das nur Balla-Balla, ihrem Pechvogel, passieren.

„Kommt mit!“, rief Billi. „Wir wollen schauen, ob sie tatsächlich da unten ist!“

Alle kleinen Rotoffels rafften schnell ihre Spieleicheln zusammen und stellten sich an den Rand der Erdspalte.

Vorsichtig lugten sie gemeinsam hinein. Viel sehen konnten sie dort allerdings nicht. Das Loch war ziemlich tief und die Wände wurden nach unten zu immer enger. Ganz unten schimmerte ein merkwürdiges Licht.

Die Rotoffels legten ihre Grabscher um die Münder und riefen im Chor: „Balla-Balla!“

„La ... la ... la!“ , schallte es aus der Tiefe zurück.

„Bist du da?“, riefen die Rotoffels wieder.

„Da ... da ... da!“, kam die Antwort.

„Sag doch mal piep!“, versuchten es die Rotoffels noch einmal.

„Piep ... piep ... piep!“

Die Rotoffels wussten nicht, was sie davon halten sollten.

Aber schließlich hatten sie dreimal ganz deutlich „piep“ gehört. Also musste Balla-Balla dort unten in dem Loch sein.

„Wir müssen zu ihr!“, rief Billa entschlossen.

„Ich gehe als Erster“, erklärte Bulli. Mutig kletterte er über den Rand der Felsspalte und ließ sich einfach den Abhang hinunterrutschen.

Die anderen kleinen Rotoffels sahen ihn verschwinden. Dann sahen sie gar nichts mehr. Erst nach einer ganzen Weile hörten sie einen dumpfen Plumps und dann etwas, das wie „Aua...a...a“ klang.

Jetzt wussten die kleinen Rotoffels Bescheid: Das war ein neues Spiel! So eine Art „Sag-alles-dreimal-Spiel“! Da wollten natürlich alle mitmachen. Also stürzte sich ein Rotoffel nach dem anderen kopfüber rollend in den Abgrund. Hätten sie doch nur nicht so unüberlegt gehandelt! Wären doch nur ein paar von ihnen oben geblieben! Wenigstens ein einziger! Aber Rotoffels sind nun mal nicht gern allein. Wo einer hingeht, gehen alle hin.

Noch ahnten sie nicht, in was für eine Lage sie sich gebracht hatten. Vorläufig waren sie vollauf damit beschäftigt sich aufzurappeln und ihre brummenden Köpfe zu rubbeln. Aber normalerweise landen sie auf weichem Waldboden, auf Blättern, Sand oder Gras. Diesmal waren sie sehr viel härter gefallen. Und sehr viel tiefer!

Benommen blinzelten die Rotoffels um sich. Sie befanden sich am Boden eines tiefen Schachtes. Hoch oben über ihren Köpfen konnten sie vage die gezackten Ränder des Einstiegslochs erkennen. Die steile Wand, die sie heruntergepurzelt waren, glich einem versteinerten Wasserfall.

Ein paar Sonnenstrahlen brachen sich auf der Wand und ließen sie teils blau leuchten, teils weiß wie Schaum aufblitzen. Es war ein bisschen unheimlich, aber auch wunderschön! Vorsichtig betasteten die Rotoffels die schimmernde Pracht. Eigenartig kühl fühlte sich die leuchtende Wand unter ihren Grabschern an, kühl und sehr glatt.

Diesen spiegelglatten Abhang würden sie nie wieder hinaufklettern können, das wurde ihnen jetzt klar. Sie saßen in der Patsche! Keiner würde ihnen zu Hilfe kommen können, denn es wusste ja keiner, wo sie waren. Hilflos sahen sich die Rotoffels an. Warum um alles in der Welt hatten sie sich nur alle auf einmal in die Tiefe gestürzt? Aber natürlich: Sie wollten ja Balla-Balla retten! Balla-Balla musste hier unten irgendwo sein. Vielleicht war sie verletzt. Und sie war mutterseelenallein!

„Balla-Balla!", riefen die Rotoffels aus Leibeskräften.

„La ... la ... la", kam es von allen Seiten zurück.

Die kleinen Rotoffels wussten nicht, dass Wände Laute zurückschicken können. Von einem Echo hatten sie noch nie etwas gehört.

„Ich bin hier ... hier ... hier", rief es plötzlich. Das war eindeutig Balla-Ballas Stimme. Die Rotoffels konnten nicht ausmachen, aus welcher Richtung die Rufe gekommen waren. Doch der Schacht öffnete sich nur nach einer Seite in einen dunklen Tunnel. Den stürzten sie sich eilig vorwärts und blieben plötzlich wie angewurzelt stehen. Das heißt, nur die Vordersten blieben stehen. Die Nachfolgenden liefen noch ein Stück weiter, weil sie so schnell nicht stehen bleiben konnten, und kugelten auf die Vorderen drauf.

Der Anblick, der sich den Rotoffels hier bot, überstieg alles, was sie sich jemals vorzustellen gewagt hätten! Sie befanden sich am Eingang einer gewaltigen Höhle, die so weit und so hoch war, dass sie leicht den gesamten Heideberg einschließlich der hohen Eiche hätte aufnehmen können. Aber nicht die Größe der Höhle war das Überwältigendste. Da gab es riesige glänzende Brocken, durchsichtige Vorhänge, die aussahen wie erstarrter Sprühregen, aufgeschichtete dünne Platten oder Säulen, die mal wie Kegel vom Boden aufragten, mal wie Zapfen von der Decke hingen. Es gab runde Ausbuchtungen wie Rotoffelnasen, scharfe Risse, tiefe Klüfte und lose aufgetürmte Berge kleinerer Gesteinsbrocken. Alles blinkte, funkelte, glitzerte, leuchtete, flimmerte und blitzte in unzähligen verschiedenen Farben: in Grashüpfergrün, Sonnenuntergangsrot, Blaubeerblau, Schlammgrau, Kochtopfschwarz, Fliegenpilzrot, in Moosgrün, Wolkenweiß, Primelgelb, Sandbraun, Himmelblau, Feuerrot, Sternensilber und noch in vielen anderen Farben, für die Rotoffels keine Namen hatten.

Die kleinen Rotoffels hatten noch nie etwas so Schönes gesehen! Die Münder weit aufgerissen, standen sie staunend in dieser Glitzerwelt. Schließlich hob jeder ein Steinchen in seiner Lieblingsfarbe auf. Sie waren nun einmal geborene Aufsammler.

So dauerte es eine ganze Weile, bis sie den kleinen Rotoffel entdeckten, der einsam in der Mitte der Höhle hockte: ihr Pechvogel Balla-Balla!

Wie kleine Kanonenkugeln schossen die Rotoffels auf sie zu, umringten sie und brüllten auf sie ein: „Balla-Balla, da bist du ja!“

„Wir haben dich vermisst!“

„Hast du dich auch nicht verletzt?“
„Fehlt dir auch wirklich nichts?“
Wie bei den Rotoffels üblich, redeten alle durcheinander. Und aus Freude darüber, dass Balla-Balla nichts passiert war, brachen sie in ein Freudengebrüll aus, das in der Höhle noch ohrenbetäubender klang als gewöhnlich.

Mit der Freude war es jedoch vorbei, als Balla-Balla sagte: „Lasst uns jetzt nach Hause gehen, ja? Ich war lange genug hier unten. Jetzt will ich endlich wieder nach oben auf die Erde!"

Die Rotoffels schwiegen. Das war ja genau das Problem! Sie wussten nicht, wie sie aus dieser Höhle wieder hinauskommen sollten.

„Weißt du vielleicht einen Weg nach oben?", fragte Billi. Balla-Balla sah erstaunt auf. „Nein, ich dachte, ihr wüsstet einen", sagte sie.

Billi schüttelte den Kopf. Worauf sich alle unwillkürlich eng aneinander kuschelten. Denn auch den Kleinsten wurde jetzt klar, dass sie hier unten gefangen waren. Plötzlich erschien ihnen diese unterirdische Welt gar nicht mehr so wunderbar, sondern nur noch unheimlich, kalt und fremd.

Traurig dachten sie an die Rotoffel-Mama, die bestimmt gerade einen leckeren Eichelbrei vorbereitete und sich schon große Sorgen machte. Glücklicherweise würde der Ururahn wenigstens von alldem nichts mitbekommen, weil er ganz sicher fest schlief.

Wie gewöhnlich.

Die Glitzerhöhle

Während die kleinen Rotoffels sich unten in der Glitzerhöhle ängstlich aneinander drängten, fuchtelte oben in der Küche die Rotoffel-Mama aufgeregt mit den Kochlöffeln in der Luft herum.

„Da stimmt etwas nicht mit den Kindern! Ich fühle es!", rief sie. „Sie sind schon viel zu lange fort!"

„Sie werden bestimmt gleich hier sein", versuchte der Rotoffel-Papa die Rotoffel-Mama zu beruhigen. „Ich wette drei Pumas, dass sie gleich kommen", sagte er. Dass er nicht mehr um Pumas wetten sollte, hatte er glatt vergessen.

So leicht ließ sich die Rotoffel-Mama nicht beruhigen. Und wenn der Rotoffel-Papa um zehn Pumas gewettet hätte. Ihr Gefühl sagte ihr mal wieder, dass die kleinen Rotoffels in Gefahr waren! Mit Schaudern dachte sie an den grässlichen Puma.

„Hoffentlich sind sie wenigstens alle beisammen!", murmelte sie.

„Bestimmt sind sie das", sagte der Rotoffel-Papa. „Du kennst sie doch!"

Ja, aber gerade das war ja das Unglück! Wären doch nur ein paar von den kleinen Rotoffels so schlau gewesen sich nicht Hals über Kopf in die Felsspalte zu stürzen. Dann hätten sie zu Hause Hilfe holen können!

Der Rotoffel-Papa hätte über ihre Rettung nachdenken können. Nachdenken kann man ja auch im Sitzen oder Liegen. Bestimmt wäre ihm etwas eingefallen. Und die Rotoffel-Mama hätte den Kindern inzwischen Eichelklopse zuwerfen können um ihnen Mut zu machen! Doch so saßen alle kleinen Rotoffels tief unter der Erde und wussten nicht, wie sie jemals wieder hinauskommen sollten.

Von der großen Glitzerhöhle gingen zahllose Röhren, Tunnel, Schächte und Gänge ab. Wohin mochten die führen? In andere Höhlen? Noch tiefer in die Erde? Zu unterirdischen Flüssen womöglich? Die kleinen Rotoffels zitterten bei dem schrecklichen Gedanken! Eines war jedoch klar: Solange sie untätig dasaßen und zitterten, würden sie das Tageslicht nie wieder sehen.

„Wir müssen etwas unternehmen", sagte Billi.

„Ja", stimmte Bulli zu, „vielleicht gibt es noch einen anderen Ausgang!"

„Genau, wir müssen ihn suchen!", rief Billa.

Sofort sprangen die kleinen Rotoffels auf. Planlos wollten sie in alle Richtungen ausschwärmen. Billi hielt sie jedoch noch rechtzeitig zurück.

„Einfach so loszurennen hat doch keinen Sinn!", rief er. „Wir könnten uns verlaufen oder uns gegenseitig verlieren oder sogar beides!"

Das hätte den kleinen Rotoffels gerade noch gefehlt!

„Ich weiß, wie wir es machen“, sagte Billi. „Wir streuen beim Laufen etwas auf den Boden. Dann finden wir immer wieder zu dieser großen Höhle zurück.“

„Wir nehmen Steine“, schlug Balla-Balla vor. „Hier liegen ja genug herum!“

„Eben“, sagte Bulli. „Wie sollen wir auf dem Rückweg unterscheiden können, welche Steine schon dagelegen haben und welche wir selber hingeworfen haben?“

„Es muss etwas sein, das ganz anders aussieht“, sagte Billa. „Aber was?“

„Eicheln!“, piepste da Ballilini, ein klitzekleiner Rotoffel, der seine letzte Eichel gerade aufmampfte.

Das war die Lösung, denn Eicheln gab es in der Glitzerhöhle nicht. Und glücklicherweise hatten noch nicht alle Rotoffels ihren Vorrat aufgegessen.

Es wurde beschlossen drei Gruppen zu bilden. Die restlichen Eicheln wurden gerecht aufgeteilt. So ausgerüstet zogen die drei Gruppen los um die Höhle zu erkunden.

Es war ein regelrechter Irrgarten! Die kleinen Rotoffels stolperten von einem Gang in den anderen, von einer Grotte in die andere. Manche Grotten schimmerten rosa, manche violett, andere waren in gelbliches oder ganz und gar in blaues Licht getaucht.

Doch für die Schönheit der Höhlen hatten die Rotoffels jetzt keinen Blick mehr.

Häufig gerieten sie in eine Sackgasse und mussten wieder kehrtmachen. Manchmal versperrte ihnen ein besonders großer Steinbrocken oder ein tiefer Krater den Weg. Sie kletterten über spitze Klippen und krochen durch enge Röhren. Oft mussten sie feststellen, dass sie sich wieder einmal nur im Kreis gedreht hatten. Einen Ausgang aus der Höhle fanden sie nicht.

Niedergeschlagen und erschöpft trafen sich alle Rotoffels in der großen Höhle wieder. Sie wussten nicht, wie viel Zeit inzwischen vergangen war. Es kam ihnen so vor, als wären sie schon eine Ewigkeit in diesem unterirdischen Irrgarten herumgelaufen!

Draußen im Wald hatten sie sich vor dem Puma fürchten müssen. Doch vor dem konnte man mit ein wenig Glück weglaufen. Aber aus dieser Glitzerhöhle konnten sie nicht weglaufen. Die kleinen Rotoffels waren verzweifelt.

Oben in der Rotoffelhöhle war auch die Rotoffel-Mama am Rande der Verzweiflung. Sie vergaß sogar den Eichelbrei umzurühren, der auf dem Feuer stand. „Die Kleinen sitzen in der Klemme!“, rief sie. „Rotoffel-Papa, wir müssen ihnen helfen! Wir müssen etwas unternehmen!"

„Du hast Recht", antwortete der Rotoffel-Papa. Trotz seiner Faulheit sprang er sofort auf. Auch er machte sich jetzt Sorgen.

Die kleinen Rotoffels wussten nicht, wie lange sie nun schon in der Glitzerhöhle gefangen waren. Langsam bekamen sie Hunger. Also begannen sie ihre Eicheln aufzuessen.

Nur Billi, Balla-Balla und Bulli hielten sich zurück. Auch sie waren müde und hungrig. Aber sie wollten ihre Ration noch aufsparen. Wer weiß, wie lange sie hier noch gefangen waren? Aufgeben wollten die drei großen Rotoffels trotzdem nicht.

Vielleicht gab es ja doch eine Möglichkeit wieder aus der Glitzerhöhle hinauszukommen? Vielleicht hatten sie diese Möglichkeit nur noch nicht entdeckt? Sie mussten es einfach noch einmal versuchen!

Nachdem sie den mittleren, den kleinen und den klitzekleinen Rotoffels eingeschärft hatten sich auf keinen Fall vom Fleck zu rühren, machten sich die drei erneut auf den Weg.

Diesmal gingen sie noch gewissenhafter vor. Sie begannen an der Stelle der Höhle, wo sie am Nachmittag hereingepurzelt waren. Nacheinander erkundeten sie alle Gänge, wobei sie sorgfältig ihre letzten Eicheln ausstreuten.

Auf diese Weise hatten sie sich wohl schon durch das halbe Labyrinth gearbeitet, als Bulli an einer Seitenwand etwas auffiel. Sie schimmerte nicht wie die anderen. Sie war stumpf und dunkel. Er betastete die Wand. Sie fühlte sich weich und krümelig an.

„Das ist Erde!", rief er überrascht. Es war tatsächlich Erde. Billi sprach aus, was in diesem Augenblick auch die anderen beiden dachten: „Durch Erde kann man sich durchbuddeln!"

Ohne lange zu zögern machten sich die drei an die Arbeit. Ihre Grabscher flogen wie Windmühlenflügel. Vom Buddeln verstehen die Rotoffels etwas! Sie gruben einen Tunnel, der schräg aufwärts führte. Irgendwann mussten sie so an die Erdoberfläche gelangen. Unermüdlich buddelten sie. Eine Stunde, zwei Stunden oder vielleicht noch länger.

Völlig ermattet hielten Billi, Balla-Balla und Bulli inne. Sie waren niedergeschlagen und fühlten sich verloren und mutlos. Eine Stärkung hätte jetzt gut getan. Doch ihre Eichelspur wagten sie nicht anzugreifen. Wehmütig dachten sie an die gemütliche Rotoffelhöhle, an die Rotoffel-Mama und ihren guten Eichelbrei.

„Es hat doch alles keinen Zweck!", rief Balla-Balla verzweifelt. „Wir kommen hier nie wieder hinaus. Nie, nie, nie wieder!" Wütend stieß sie dreimal mit dem Kopf an die Tunneldecke.

Typisch Balla-Balla!

Erdkrumen rieselten ihr in die Augen, in die Nase und in den Mund. Sie spuckte und hustete. Immer mehr Erde kam von oben, ein richtiger Sturzbach!

Balla-Balla strampelte wie wild mit allen neun Beinen um nicht von dem Sand verschüttet zu werden. Und dann kam etwas anderes. Etwas Warmes, Klebriges, Gelbliches kam von oben, das Balla-Balla wie eine dickflüssige zweite Haut umschloss. Billi und Bulli sprangen auf und begannen Balla-Balla das Gesicht freizuwischen.

„Das ist ... das ist ...“, stotterte Billi aufgeregt, „das ist Eichelbrei!“

„Angebrannter Eichelbrei“, verbesserte Balla-Balla ihn schmatzend.

Die drei Rotoffels richteten ihre sämtlichen Augen nach oben. In der Tunneldecke war jetzt ein Loch. Und über dem Loch sahen sie die verdutzten Gesichter der Rotoffel-Mama und des Rotoffel-Papas. Der Tunnel endete direkt in der Rotoffelküche.

Sie waren gerettet!

Der Rotoffel-Mama verschlug es vor lauter Freude die Sprache.

Auch der Rotoffel-Papa war glücklich. Er war sogar sofort bereit mit Billi in die Höhle hinunterzuklettern um die anderen kleinen Rotoffels nach Hause zu holen.

War das eine Freude in der Rotoffelhöhle! Noch nie hatte den Rotoffels der Eichelbrei so gut geschmeckt. Und das, obwohl er angebrannt war.

Stolz und mit dem üblichen Lärm berichteten die kleinen Rotoffels jetzt von ihrem Abenteuer. Dazu zeigten sie ihre aufgesammelten Steine vor. Auch der Rotoffel-Papa hatte sich einen Stein aus der Glitzerhöhle mitgebracht. Es war eine flache silbrig glänzende Scheibe.

Er drehte und wendete seinen Fund, dann hielt er ihn sich vor zwei seiner Augen und rief begeistert: „Ich wette drei Pumas, dies ist ein ganz besonderer Stein! Ich sehe einen Rotoffel darin. Noch dazu einen sehr schönen!“

Das Betrachten des Steins wurde bald zu seiner zweitliebsten Beschäftigung, gleich nach dem Pumawetten.

Der Ururahn öffnete eins seiner fünf Augen, gähnte und machte „U-ahah! Rotoffelschatz! U-ahah!“. Darauf ließ er sich auf sein Blätterbett zurückfallen und schlief augenblicklich wieder ein. Es war ja auch endlich wieder so richtig schön laut in der Höhle.

Der Rotoffel-Mama gelang es auch diesmal nicht,

ihn lange genug wach zu halten um etwas über den Puma aus ihm herauszubekommen. Solange dieses Ungeheuer auf der Rotoffel-Insel herumschlich, waren sie alle in Gefahr!

Aber die kleinen Rotoffels dachten im Moment nicht an den Puma. Sie waren froh wieder zu Hause zu sein. Die Glitzerhöhle wollten sie nie wieder betreten. Sie verstopften das Loch in der Küche. Über die Felsspalte auf dem Spielplatz wälzten sie mehrere große Steine, sodass keiner mehr aus Versehen in die Höhle plumpsen konnte. Vor allem nicht ein Pechvogel!

Einen Vorteil hatte das Abenteuer der kleinen Rotoffels aber doch gehabt: Beim Puck-Spiel würde es in Zukunft keinen Streit mehr darüber geben, wer gewonnen hatte. Denn von nun an wurde nur noch mit den neuen bunten Steinen gespielt, die gut zu unterscheiden waren. Außerdem konnten jetzt immer alle mitspielen, selbst die Naschhaftesten. Denn die neuen Steine ließen sich beim besten Willen nicht aufknabbern.

Das Zaubermittel

Der Rotoffel-Papa war mal wieder damit beschäftigt sich ausgiebig in seinem neuen Spiegelstein zu betrachten. Immer wieder zwinkerte er sich selbst bewundernd in dem Stein zu. Doch plötzlich legte er ihn zur Seite und wandte sich an Balla-Balla: „Wie kam es eigentlich, dass du in die Erdspalte gefallen bist?“, fragte er.

„Vor Schreck“, antwortete Balla-Balla.

„Vor Schreck? Aber wovor hast du dich denn so erschreckt?“

„Na vor dem Ungeheuer! Ich dachte, ich hätte das Ungeheuer gesehen!“

„Das Ungeheuer? Den gefräßigen Puma?“, fragte die Rotoffel-Mama entsetzt. „So dicht vor unserer Höhle?“

„Na ja, vielleicht habe ich mir auch nur eingebildet, dass ich den Puma gesehen habe. Jedenfalls bin ich vor Schreck gestolpert und ...“

Die Rotoffel-Mama warf sämtliche Kochlöffel hin: „Eingebildet oder nicht, dieses mordlustige Monster ist immer noch auf unserer Insel und das geht nicht so weiter. Es muss jetzt endlich etwas geschehen! Ich muss den Ururahn wach bekommen!“

Entschlossen grabschte sich die Rotoffel-Mama fünf Hände beziehungsweise Füße voller Eicheln und warf sie dem Ururahn kurzerhand an den Kopf. „Wach auf, Ururahn“, rief sie. „Wach sofort auf! Der Puma bedroht uns noch immer ! Sag uns, was wir tun sollen!“

„Puma“, krächzte der Ururahn mühsam. „Rotoffelfresser, wieder gekommen!“

„Ja, ja, wir wissen inzwischen, dass es den Puma gibt und dass er Rotoffels frisst“, rief der Rotoffel-Papa ungeduldig. „Was wir wissen müssen, ist: Was habt ihr Rotoffels damals gegen den Puma unternommen?“

„Zauber! Zauber!“, krächzte der Ururahn. „Macht Rotoffels unsichtbar!“

„Und was für ein Zauber ist das ?“, fragte die Rotoffel-Mama aufgeregt. „Wie können wir uns unsichtbar machen? Was braucht man dazu, Ururahn?“

„Löwenzahn, Löwenzahn“, murmelte er undeutlich. Dann schnarchte er schon wieder. Mehr war aus ihm nicht herauszubekommen. Damit musste sich im

Moment auch die Rotoffel-Mama zufrieden geben. Immerhin wusste sie jetzt, dass sich die Rotoffels in alten Zeiten vor dem Puma in Sicherheit bringen konnten, indem sie sich unsichtbar gemacht hatten.

„Geht Löwenzahn suchen“, sagte die Rotoffel-Mama zu ihren Kindern.

„Die Blätter?“

„Die Blüten?“

„Die Wurzeln?“

„Die Pusteblumen?“

„Alles! Sammelt einfach alles“, entschied die Rotoffel-Mama. „Dann sehen wir weiter!“

„Aber seid um Himmels willen vorsichtig!“, rief der Rotoffel-Papa.

„U-ahah!“, machte der Ururahn.

Natürlich waren sie vorsichtig, die kleinen Rotoffels. Sie gingen immer nur zu zweit Löwenzahn suchen. Während der mit den flinksten Beinen sammelte, passte der mit den meisten Augen auf. Trotzdem blieb die Sache sehr gefährlich. Doch dieses Risiko mussten sie eben eingehen.

Die Rotoffel-Mama begann sofort den gesammelten Löwenzahn zu verarbeiten: Sie trocknete die Blütenblätter. Sie presste den Saft aus den Stängeln. Sie zerrieb die Wurzeln. Sie zerstampfte die Samen. Da sie sich mit Zaubermitteln nicht so gut auskannte, stellte sie vorsichtshalber gleich mehrere her: ein Pulver, kleine Pillen, einen bitteren Tee und eine feste Paste.

Alle kleinen Rotoffels, die klitzekleinen, die kleinen, die mittelgroßen und die großen, und auch der Rotoffel-Papa und die Rotoffel-Mama probierten mutig von allen Zaubermitteln. Zusätzlich legte sich jeder am Abend ein frisches grünes Löwenzahnblatt unter das Kopfkissen. Ja, und tagsüber liefen die kleinen Rotoffels immer mit einer Pusteblume im Mund herum.

Doch es nützte alles nichts! Keines der Zaubermittel machte die Rotoffels unsichtbar.

„Irgendetwas stimmt nicht mit dem Löwenzahn“, vermutete der Rotoffel-Papa. „Ich werde darüber nachdenken.“

Das konnte natürlich nicht schaden, es half den Rotoffels aber im Moment auch nicht weiter. Die Speisekammer war nämlich wieder so gut wie leer und die Eichen in der Nähe der Rotoffelhöhle waren abgeerntet.

Es blieb den Rotoffels gar nichts anderes übrig als zu weiter entfernten Ernteplätzen zu gehen.

Also machten sich Billi, Bulli und Balla-Balla, die drei großen kleinen Rotoffels, auf den Weg. Natürlich wollten sie auf keinen Fall wieder zum Heideberg gehen. Dort hatte sie der Puma ja schon einmal fast erwischt. Also gingen sie in die andere Richtung.

Nachdem sie einen ganzen Tag gewandert waren, gelangten die drei Rotoffels zu einer Lichtung, die rundum mit hohen Eichen bewachsen war. Hier gab es Eicheln in Hülle und Fülle. Schnell liefen die drei zurück zur Höhle um den anderen davon zu berichten.

„Es ist eine prima Stelle!", rief Balla-Balla.

„Da gibt es jede Menge saftiger Eicheln", fügte Bulli hinzu.

„Und keine Spur von dem Ungeheuer", sagte Billi.

„Das ist mal eine gute Nachricht", sagte die Rotoffel-Mama.

Und alle kleinen Rotoffels kugelten auf der Stelle los um die Eicheln einzusammeln.

Wie besessen sammelten sie. Und schon nach wenigen Tagen war die Speisekammer wieder voll. Das Ungeheuer ließ sich glücklicherweise nicht ein einziges Mal blicken.

„Vielleicht kennt es diesen Teil der Insel gar nicht", überlegte der Rotoffel-Papa.

„Möglich", meinte die Rotoffel-Mama. „Dieser Ernteplatz scheint tatsächlich pumafrei zu sein! Ich schlage deshalb vor", wandte sie sich an die kleinen Rotoffels, „ihr buddelt noch eine zweite Speisekammer und füllt auch die noch mit Eicheln!"

„Das ist eine sehr gute Idee“, pflichtete ihr der Rotoffel-Papa bei. „Wer weiß, wie lange es noch dauert, bis wir den Unsichtbarkeitsmacher gefunden haben! Eine zweite Speisekammer könnte nicht schaden!“

„U-ahah“, ließ sich der Ururahn von seinem Blätterbett vernehmen. Und damit war die Sache beschlossen.

Wenn der Rotoffel-Papa auch ein ausgemachter Faulpelz war, die kleinen Rotoffels waren es nicht. Sie machten sich sofort an die Arbeit. Außerdem war Buddeln eine ihrer Lieblingsbeschäftigungen.

Die großen kleinen Rotoffels brachen sofort Klumpen aus dem Erdreich. Die mittelgroßen kleinen Rotoffels zerkrümelten die Klumpen, die kleinen kleinen Rotoffels trugen die Krümel nach draußen und die klitzekleinen kleinen Rotoffels verstreuten sie im Wald. Bald war die neue Speisekammer fertig. Sie war sogar noch geräumiger als die alte. Jetzt musste sie nur noch gefüllt werden.

„Ich wette vier Pumas, dass ihr das mit Leichtigkeit schafft“, sagte der Rotoffel-Papa und hielt sich schnell die Hände vor das Gesicht um sich vor dem Eichelhagel zu schützen, mit dem die Rotoffel-Mama ihn bedachte.

„Hör auf um Pumas zu wetten“, rief sie. „Noch scheint das Ungeheuer auf unserer Insel zu sein. Und noch haben wir das Zaubermittel nicht gefunden!“

Die Eichelmopser

Die neue Rotoffel-Speisekammer war bereit gefüllt zu werden. Gleich am nächsten Morgen zogen die kleinen Rotoffels los. Billi, Balla-Balla und Bulli hatten ja eine Stelle im Wald ausfindig gemacht, wo es keinen Puma, dafür aber saftige Eicheln in Mengen gab.

Doch als die kleinen Rotoffels den Ernteplatz erreichten, erwartete sie eine furchtbare Enttäuschung: Hier lagen keine Eicheln mehr. Keine einzige. Der Waldboden war wie leer gefegt.

„Das gibt es doch nicht!“, rief Bulli fassungslos.

„Ob es der Puma war?“, fragte Ballilini, der klitzekleine Rotoffel, ängstlich.

„Unsinn“, sagte Billi. „Der Puma frisst keine Eicheln, der frisst lieber Rotoffels!“

Alle erschauerten.

„Ob es denn Zauberei ist?“, überlegte Bulla. Bulla wollte zu gern selbst zaubern können.

„Eher Mopserei“, sagte Balli entschieden. „Die Frage ist nur, wer sind die Mopser?“

„Vielleicht gibt es außer uns hier noch eine Rotoffelfamilie“, überlegte Billa.

„Nein.“ Bulla schüttelte den Kopf. „Dann hätte der Ururahn uns davon erzählt!“

„Bulla hat Recht“, sagte Balli. „Wir sind die einzigen Rotoffels auf dieser Insel!“

„Aber wer mopst dann hier Eicheln?“, fragte Billa. Sie hatte kaum zu Ende gesprochen, da hörte man ein vielstimmiges Kichern. Es kam von oben aus den Baumkronen. Und noch etwas kam von oben: Eicheln, die zielsicher auf die verdutzten Rotoffels geworfen wurden.

Nun sind Rotoffelköpfe, wie man weiß, ziemlich hart und eine Eichel kann ihnen nichts anhaben. Die Rotoffels spürten sie kaum. Aber es war doch sehr ärgerlich, in seinem eigenen Wald beworfen und noch dazu ausgelacht zu werden!

„Wer seid ihr?“, rief Balla-Balla.

„Zeigt euch, ihr Eichelmopser!“, forderte Billi.

„Lasst uns gefälligst zufrieden! Das hier ist unser Wald!“, schrie Balli.

„Und das sind unsere Eicheln!“, piepste Ballilini.

Aber die einzige Antwort, die die Rotoffels bekamen, waren wieder nur ein fröhliches Kichern und noch mehr Eicheln auf die Köpfe.

Die kleinen Rotoffels waren ratlos. Da lugte ein Kicherer neugierig hinter einem Baumstamm hervor. Dann noch einer. Immer mehr zeigten sich.

„Sie sind oben braun und unten weiß“, berichteten die kleinen Rotoffels daheim in der Höhle.

„Auf dem Kopf haben sie so etwas wie kleine Hörner.“

„Fellhörner.“

„Sie haben nur vier Beine.“

„Und nur zwei Augen.“

„Dafür aber einen buschigen Schwanz, mit dem sie herumwedeln.“

„Sie können von Ast zu Ast fliegen.“

„Nein, sie springen.“

„Sie hüpfen.“

„Sie hüpfen von Ast zu Ast.“

„Sie sind viel größer als wir. Aber eigentlich sehen sie nicht böse aus.“

„Böse oder nicht“, sagte die Rotoffel-Mama, „sie nehmen uns unsere Eicheln weg! Also sind sie eine Gefahr!“

„Merkwürdig“, sagte der Rotoffel-Papa. „Sie leben auf den Bäumen statt auf dem Boden. Sie haben fünf Beine zu wenig, dafür aber Hörner und einen Schwanz! Sie sammeln Eicheln wie wir, sind aber keine Rotoffels. Ich frage mich, was mögen das nur für welche sein?"

„Vielleicht sind es Geister?", schlug die Rotoffel-Mama vor.

„Auf keinen Fall sind das Geister", widersprach der Rotoffel-Papa, obwohl er selbst noch nie welche gesehen hatte. „Geister haben keine Fellhörner auf dem Kopf. Außerdem hüpfen und fliegen sie nicht! Geister schweben und schreien pausenlos ‚Huhu'! Schreien sie ‚Huhu'?"

„Nein", sagte Billi. „Sie schreien nicht ‚Huhu'. Sie kichern."

„Dann weiß ich es auch nicht", sagte der Rotoffel-Papa.

„Fragen wir doch den Ururahn", schlug Balli vor. „Der muss es wissen!"

Das war eine gute Idee. Aber der Ururahn schlief mal wieder ganz fest. Das konnte man an seinem lauten Schnarchen hören. Jetzt würde ihn kein Rotoffel aufwecken können. Nicht einmal mit einem Eichelhagel.

„Wir werden es schon noch herausbekommen", sagte die Rotoffel-Mama. „Aber egal, wie sie sich nennen, es sind Eichelsammler. In unserem Revier! Eichelsammler, die noch dazu hüpfen und fliegen können!" Die Rotoffel-Mama klapperte aufgebracht mit ihren Kochlöffeln.

„Was sollen wir nur tun?", fragte Bulla.

„Wir müssen mit ihnen verhandeln", schlug der

Rotoffel-Papa vor. „Ich wette fünf Pumas, dass diese Eichelmopser schließlich einsehen werden, dass sie uns nicht alle Eicheln wegschnappen dürfen. Man muss es ihnen nur erklären."

„Wir versuchen es. Wir reden mit ihnen", sagte Billi. Er war nicht umsonst der Klügste der kleinen Rotoffels.

Die andern stimmten ihm zu. Sie wussten ohnehin keine andere Lösung.

„U-ahah!", machte der Ururahn. „U-ahah!" und damit war der Vorschlag angenommen.

Am nächsten Morgen purzelten die kleinen Rotoffels schon in aller Herrgottsfrühe in den Wald um mit den Eichelmopsern zu verhandeln.

Vielleicht lag es ja daran, dass sie alle auf einmal und alle durcheinander schrien. Vielleicht waren sie auch einfach so laut, das niemand irgendetwas hätte verstehen können! Jedenfalls hörten ihnen die Eichelmopser auch diesmal nicht zu.

Ihre einzige Antwort war wieder nur ein fröhliches Gelächter. Dazu sprangen sie übermütig von Ast zu Ast. Immer gewagter, immer wilder wurden ihre Sprünge. Den kleinen Rotoffels blieb vor Staunen der Mund offen stehen. So etwas hatten sie noch nie gesehen. Den Eichelmopsern schien es großen Spaß zu machen, das sah man deutlich.

Doch plötzlich passierte es: Ein Eichelmopser verfehlte den angesteuerten Ast. Er fiel herunter und landete auf dem Waldboden. Dort blieb er reglos liegen.

Die Rotoffels hielten das zunächst für einen Teil des Spiels. Sie selbst ließen sich ja auch oft fallen. Das war ihre Art von oben nach unten zu gelangen. Wahrscheinlich machten es die Eichelmopser ebenso.

Vorsichtig kugelten die Rotoffels näher. Womöglich würde dieser Mopser gleich aufspringen und sie auslachen. Doch er blieb liegen. Es war ein winzig kleiner. Nicht größer als ein mittlerer kleiner Rotoffel. Er stöhnte leise.

Die anderen Eichelmopser kamen nacheinander die Bäume heruntergeklettert. Stumm bildeten sie einen Kreis um den am Boden liegenden. Keiner kicherte mehr.

„Ich glaube nicht, dass es noch ein Spiel ist", flüsterte Billa.

„Der ist noch so klein. Bestimmt hat er noch nicht richtig fliegen gelernt", meinte Balla-Balla.

„Sieht aus, als hätte er sich bei dem Sturz verletzt", sagte Balli.

„Aber warum unternehmen sie denn nichts?", fragte Bulla.

„Vielleicht ist es das erste Mal, dass einer von ihnen herunterfällt. Und sie wissen jetzt gar nicht, was sie tun sollen", meinte Ballili.

„Aber wir wissen es!", rief Billi entschieden. „Kommt, Bulli und Balla-Balla, wir bringen ihn nach Hause!"

Die drei hoben den kleinen Eichelmopser behutsam auf und trugen ihn zur Rotoffelhöhle. Die andern Rotoffels liefen nebenher. Mit einem kleinen Abstand folgten ihnen die Eichelmopser. Sie schienen zu wissen, dass ihrem verletzten Freund geholfen werden sollte.

Als die Rotoffels in der Höhle ankamen, blickte der Rotoffel-Papa unwillig auf: „Besuch in der Rotoffelhöhle", nörgelte er. „Das macht nur Arbeit!"

Die Rotoffel-Mama achtete nicht weiter auf ihn. Sie sah sofort, dass der kleine Eichelmopser Hilfe brauchte. „Legt ihn vorsichtig hin", sagte sie zu ihren Kindern. Dann untersuchte sie den Verletzten. Sorgfältig betastete sie seinen Kopf, seinen Leib und seine Glieder.

„Nichts gebrochen“, stellte sie nach einer Weile fest. „Aber ein Bein scheint verstaucht zu sein!“

„Das kommt davon, wenn man nur zwei Beine hat“, sagte der Rotoffel-Papa. „Ich wette sechs Pumas, wenn er neun Beine hätte, wie wir, wäre ihm das nicht passiert!“

„Das bekommen wir schon wieder hin“, sagte die Rotoffel-Mama. „Reich mir bitte mal den Tiegel mit der Rotoffel-Spezial-Heilkräutercreme herunter!“

„Ich hab es ja gewusst: Besuch macht nur Arbeit“, maulte der Rotoffel-Papa. Da er aber der Einzige war, der an den Tiegel heranreichen konnte, musste er wohl oder übel aufstehen.

Die Rotoffel-Mama rieb das verstauchte Bein gründlich mit der Creme ein und legte zusätzlich noch einen Verband aus Wegerichblättern an.

„Fertig“, sagte sie dann. „Ein bisschen Ruhe und er kann bald wieder laufen! Spätestens in einer Stunde ist er wieder wie neu!“

Die Eichelmopser, die der Rotoffel-Mama vom Eingang der Höhle aus zugeschaut hatten, schienen das nicht recht glauben zu können. Still kauerten sie da. Ihre Fellhörnchen zeigten traurig nach unten.

Auch die kleinen Rotoffels verhielten sich ungewöhnlich still. Jemand war verletzt! Eichelmopser oder nicht, das war eine schlimme Sache! Sie würden deshalb nichts tun, was die Heilung stören könnte. Nicht einmal Krach machen! Aber genauer ansehen wollten sie sich den Fremdling schon. Neugierig betrachteten sie seine kleinen Pfötchen, den buschigen Schwanz und das braune Fell mit dem weißen Fleck auf der Brust. Am merkwürdigsten kamen ihnen seine beiden kleinen Hörnchen auf dem Kopf vor. Wozu die wohl nütze waren?

Doch bevor die Rotoffels weiter darüber nachdenken konnten, regte sich der kleine Eichelmopser plötzlich. Er sprang auf, blickte sich verwundert um, räkelte sich, schüttelte den Wegerichverband ab und war mit einem Satz draußen bei seinen Freunden.

Die Rotoffel-Spezial-Heilkräutercreme hatte tatsächlich gewirkt.

War das eine Freude bei den Eichelmopsern! Die Rotoffels freuten sich mit.

Da trat ein Eichelmopser vor. Es war der größte und offensichtlich der Anführer der Gruppe. Nachdem er sich feierlich geräuspert hatte, wandte er sich an die

Rotoffels: „Wir danken euch“, sagte er. „Wir danken euch für eure Hilfe!“

Die Rotoffels nickten erstaunt. Hilfe, das war doch etwas Selbstverständliches!

Der Anführer der Eichelmopser war aber noch nicht fertig: „Es tut uns Leid“, sagte er, „dass wir euch geärgert und eure Eicheln versteckt haben! Es war nur Spaß! Wir haben ja unsere eigenen Ernteplätze!“

Der Anführer verbeugte sich, wobei er höflich mit seinem buschigen Schwänzchen wedelte. Die andern Eichelmopser wedelten ebenfalls und dann sausten sie davon. Den kleinen Danebenspringer nahmen sie schützend in ihre Mitte.

Kaum waren sie hinter dem nächsten Baum verschwunden, da hörten die Rotoffels ein bekanntes, wunderbares Geräusch. Das Geräusch von Eicheln, die in eine Speisekammer prasseln. Es wollte überhaupt kein Ende nehmen. Das Prasseln hörte erst auf, als die neue Speisekammer bis oben hin voll war.

Der Rotoffel-Papa fasste sich als Erster: „Gäste sind manchmal gar nicht so übel! Ich frage mich nur, was das für welche waren?“

„Eichhörnchen! Eichhörnchen! U-ahah!“, krächzte der Ururahn von seinem Blätterbett. „U-ahah!“, machte er noch einmal ausgiebig. Dann schlief er endgültig wieder ein.

Das Nichtgeheuer

Wenn die Rotoffel-Mama sich etwas vorgenommen hatte, gab sie so rasch nicht auf. So war es auch mit dem Unsichtbarmacher. Sie musste das Rezept dafür herausfinden! Viele, viele Stunden, Tage und Nächte arbeitete sie nun schon daran.

„Ich hab's!", rief sie eines Morgens.

Sofort kamen alle Rotoffels herbeigekugelt. So eilig hatten sie es, dass sie übereinander, untereinander, nebeneinander und aufeinander purzelten. Doch endlich waren alle um den schwarzen Tiegel versammelt, in dem die Rotoffel-Mama stolz herumrührte.

„Ist es das?", fragten die kleinen Rotoffels gespannt.

„Ja, das ist es", bestätigte die Rotoffel-Mama. „Das Zaubermittel!"

Die Rotoffels brachen in ein ohrenbetäubendes Freudengeheul aus. Nur der Rotoffel-Papa blieb misstrauisch. „Sieht ein bisschen giftig aus", murmelte er. „Was ist da drin?"

„Löwenzahn", antwortete die Rotoffel-Mama. „Wie der Ururahn gesagt hat. Und diesmal alles: ein Lot gestoßene Wurzeln, ein Lot Saft vom Stängel, ein Lot gepresste Blütenblätter und ein Lot zerriebene Samen der Pusteblume."

„Und woher kommt die grüne Farbe?“, wollte der Rotoffel-Papa wissen.

„Von den Blättern natürlich! Vier Lot Blättermatsch. Das ist das Wichtigste beim Unsichtbarmacher! Und außerdem noch ein Lot ..., aber das verrate ich nicht. So. Und jetzt bekommt jeder ein Löffelchen davon. Rotoffel-Papa, du fängst an!“

„Immer ich“, maulte der Rotoffel-Papa. Doch vor den kleinen Rotoffels konnte er nicht gut kneifen.

„Brrr!“, machte er. „Schmeckt ja gallenbitter!“

„Wenn etwas wirken soll, muss es bitter schmecken, basta“, sagte die Rotoffel-Mama streng. „Der Nächste!“

Ein kleiner Rotoffel nach dem andern bekam ein Löffelchen des Elixiers, das auch alle tapfer hinunterschluckten. Wenn auch mit vielen Grimassen. Den Rest nahm die Rotoffel-Mama selbst ein. Dann setzten sich alle in eine Runde, fassten sich bei den Händen beziehungsweise Füßen und warteten auf die Wirkung.

Sie waren sehr gespannt. Wie es wohl war unsichtbar zu sein? Ob sie sich dann wohl selbst noch sehen könnten? Vielleicht waren von der Rotoffel-Mama nur noch die Kochlöffel zu sehen! Und vom Rotoffel-Papa nur sein Spiegelstein, der in der Luft tanzte? Ein bisschen unheimlich wäre das schon! Unheimlich, aber auch aufregend!

Gerade, als es die Rotoffels vor Spannung fast nicht mehr aushalten konnten, spürten sie etwas. Eine Art Rumpeln im Bauch. Und dann konnten sie es auch sehen. Einer beim andern: Sie wurden blass. Die knallroten Rotoffels verfärbten, oder besser gesagt, sie entfärbten sich. Sie nahmen eine mattrosa Farbe an.

War das der Anfang vom Unsichtbarwerden?

Das Gerumpel in den Rotoffelbäuchen wurde stärker, ihre Hautfarbe wechselte von Rosa in ein fahles Grün. Jetzt wurde ihnen leicht schwindelig.

Ballilini, dem klitzekleinen Rotoffel, war sogar nach Spucken zumute.

Es war wirklich eine seltsame Sache unsichtbar zu werden!

Doch so schnell das Ganze gekommen war, so schnell hörte es auch wieder auf. Die Rotoffels färbten sich wieder rosa, das in Hellrot und schließlich in ihr normales Knallrot überging. Sie sahen aus wie immer. Auch dieser Unsichtbarmacher hatte nicht gewirkt.

„Vielleicht hätten wir mehr von dem Mittel nehmen müssen", überlegte die Rotoffel-Mama.

„Ich glaube nicht, dass es daran liegt", sagte der Rotoffel-Papa, „irgendetwas stimmt einfach nicht mit dem Löwenzahn!"

„Mag sein", antwortete die Rotoffel-Mama. Sie wollte sich ihre Enttäuschung aber nicht anmerken lassen. „Ich werde es auf jeden Fall weiter versuchen", sagte sie.

Die kleinen Rotoffels beschlossen inzwischen ein wenig nach draußen zu gehen.

„Geht aber nicht zu weit fort", warnte der Rotoffel-Papa. „Denkt an das Ungeheuer! Noch sind wir nicht unsichtbar!"

Die kleinen Rotoffels hielten sich daran. Sie blieben brav in der Nähe der Höhle.

„Und was spielen wir jetzt?", fragte Billa.

„Lasst uns *‚Ich sehe, ich sehe was, was ihr nicht seht'* spielen", schlug Balli, ein mittelgroßer kleiner Rotoffel vor. Die anderen waren einverstanden. Bei diesem Spiel musste sich ein Rotoffel in der Umgebung etwas

Bestimmtes ausgucken und die andern mussten raten, um was es sich dabei handelte.

Die kleinen Rotoffels mochten Ratespiele besonders gern. Sie bekamen fast immer alles heraus.

So war es auch diesmal. Bis die Reihe an Balla-Balla war. Die sah sich eine Weile suchend in der Gegend um. Dann rief sie plötzlich aufgeregt: „Ich sehe, ich sehe was, was ihr nicht seht! Und das ratet ihr nie, weil es nämlich etwas ganz und gar Unwirkliches ist!"

Die anderen kleinen Rotoffels kugelten sich vor Lachen. Ob nun wirklich oder unwirklich, sie würden es auch diesmal erraten! Und wenn es noch so schwer wäre!

„Eine viereckige Eichel!"

„Ein singender Tannenzapfen!"

„Ein Geist!"

„Eine blaue Butterblume!"

Viele gute Vorschläge wurden gemacht. Doch als keiner davon zutraf, gaben die kleinen Rotoffels auf.

„Sag uns, was es ist", verlangten sie von Balla-Balla.

„Es ist ... es ist", stotterte die. „Ich weiß auch nicht, was es ist! Seht selbst!", damit lief sie um eine große Eiche herum und wies auf das flache Tal dahinter.

Die Rotoffels trauten ihren Augen nicht! In dem Tal erhob sich tatsächlich etwas überaus Unwirkliches. Etwas, was bisher nicht dort gewesen war und was kein Rotoffel je zuvor gesehen hatte.

„Sieht wie ein riesiger Fliegenpilz aus!", rief Bulli. „Nur nicht so schön rot!"

„Aber Fliegenpilze glitzern, funkeln und sprühen nicht", widersprach Billi.

„Und Fliegenpilze dampfen auch nicht!", rief Balla-Balla.

„Wie merkwürdig es in die Höhe sprudelt!", wunderte sich Bulla.

„Was mag das nur sein?", wollten alle wissen. Wie immer sahen sie dabei Billi an.

Billi überlegte. „Es gibt nur eine Lösung", sagte er dann. „Es ist ein Nichtgeheuer!"

„Ein Nichtgeheuer! Ein richtiges Nichtgeheuer!", riefen die anderen Rotoffels erschreckt. „Nichts wie weg!"

So schnell sie konnten, sausten die Rotoffels zurück in die sichere Höhle.

„Was ist denn passiert?“, fragte die Rotoffel-Mama sofort beunruhigt, als sie ihre Kinder kopfüber in die Küche purzeln sah.

„Ein Nichtgeheuer! Da draußen ist ein Nichtgeheuer!“, riefen alle aufgeregt durcheinander.

„Ein Nichtgeheuer auf unserer Insel?“, fragte der Rotoffel-Papa nun auch besorgt. „Das scheint mir nicht geheuer zu sein! Versucht den Ururahn zu wecken!“

„Ja“, sagte die Rotoffel-Mama. „Der Ururahn wird wissen, was es damit auf sich hat. Ich fürchte nur, wir bekommen ihn nicht wach!“

Es war wie immer auch nicht leicht den Ururahn zu wecken. „U-ahah“, machte er und hörte den kleinen Rotoffels schläfrig zu. Aber als das Wort *dampfen* fiel, öffnete er plötzlich zwei seiner fünf Augen und setzte sich kerzengerade auf.

„Ein Geysir!“, krächzte er. „Eine heiße Quelle!“

„Eine Quelle? Doch nicht etwa aus nassem Wasser?“, fragte der Rotoffel-Papa erschreckt.

„Aus Wasser, ja! Wunderbares warmes Wasser! Heilwasser! Bringt mich gleich hin!“, krächzte der Ururahn.

Den Rotoffels verschlug es die Sprache: Wasser war doch das Schlimmste für einen Rotoffel! Und nun wollte der Ururahn, dass sie ihn dort hinbrachten? Ihn, der seit Jahren die Höhle nicht verlassen hatte? Wie wach und munter er plötzlich war!

Vor lauter Verwunderung vergaßen die Rotoffels

die Gelegenheit zu nutzen und den Ururahn gleich nach dem Rezept für den Unsichtbarmacher zu fragen.

So hoben sie ihn vorsichtig aus seinem Blätterbett und trugen ihn nach draußen. Am Rand des Nichtgeheuers setzten sie ihn behutsam ab.

Die Quelle sprudelte nach wie vor. Drum herum hatte sich schon ein dampfender See gebildet.

„U-ahah“, trompetete der Ururahn fröhlich und ließ sich einfach hinab in den See rollen.

Einen Augenblick waren die anderen Rotoffels starr vor Schreck. Der Ururahn würde im Wasser untergehen! Er konnte ja nicht schwimmen! Ohne eine Sekunde zu zögern stürzten alle hinterher um den Ururahn zu retten. Alle, ohne Ausnahme und ohne darüber nachzudenken, dass sie selbst auch nicht schwimmen konnten. Aber so sind Rotoffels nun mal! Keiner würde einen anderen im Stich lassen. Und schon gar nicht bei drohender Gefahr!

Im See machte es daraufhin plitsch, platsch oder auch plop. Je nachdem, wie klein oder groß beziehungsweise, wie dünn oder dick der Hineinplumpser war.

Der Nichtgeheuersee bedeutete für die Rotoffels etwas ganz und gar Neues! Natürlich hatten sie schon mal Regentropfen auf die Köpfe bekommen. Oder nasse Füße. Aber noch niemals waren sie ganz in Wasser eingetaucht. Kein Wunder, dass sie Angst bekamen. Ganz schreckliche Angst sogar! Wie verrückt begannen sie deshalb mit allen neun Beinen herumzupaddeln.

Neun Beine zu haben ist im Wasser wirklich ein großer Vorteil. Das stellten die kleinen Rotoffels sehr bald fest. Denn zu ihrer Verwunderung gingen sie nicht unter.

Und noch etwas stellten sie fest: Warmes Wasser fühlte sich längst nicht so nass und scheußlich an wie kaltes! Ja, es war eigentlich ganz angenehm! Den Rotoffels machte es immer mehr Spaß darin herumzupaddeln!

Nur die Rotoffel-Mama verzichtete auf das Vergnügen und ging zurück in ihre Küche. Sie mochte nun mal kein Wasser. Auch kein warmes. Außerdem war sie sicher, dass die andern nach ihrem Bad großen Appetit haben würden. Darauf wollte sie vorbereitet sein.

Draußen stimmten die kleinen Rotoffels gerade ihr Lieblingslied an:

„Ein Männlein steht im Sumpfe
auf einem Bein!
Es kann sich nicht mehr halten
und fällt hinein!
Sag, wer mag das Männlein sein,
das da steht auf einem Bein
und plumpst in die Matschpampe
kopfüber rein?“

Alle Rotoffels sangen natürlich so laut sie konnten. Manche sangen langsam und manche schnell. Einige sangen sogar ganz schnell um vor allen anderen fertig zu sein. So kam es, dass die ersten kleinen Rotoffels schon lachten, während andere noch bei „kopfüber“ waren beziehungsweise bei „Matschpampe“. Und als die letzten fertig waren, hatten die ersten schon wieder mit „Ein Männlein ...“ angefangen. Das war die bewährte Rotoffelmethode, aus einem einzigen Lied ein ganzes Konzert zu machen. Diesmal hatten sie es besonders gut hinbekommen! Fröhlich kletterten sie darauf aus dem See und kugelten nach Hause.

„Ich wette sieben Pumas, dass wir auch in Zukunft eine Menge Spaß mit dem Nichtgeheuer haben werden“, sagte der Rotoffel-Papa.

„Oje, der Puma!“, rief die Rotoffel-Mama. „Jetzt hätte ich fast vergessen, dass uns immer noch das Rezept für den Unsichtbarmacher fehlt. Ururahn ...“

Doch der Ururahn hatte es sich bereits wieder auf seinem Blätterlager gemütlich gemacht. Die kleinen Rotoffels hatten ihn nicht einmal mehr tragen müssen. Aber nach dem heißen Bad schlief er jetzt ganz besonders tief.

Die Spinnoffels

„Die Spinnoffels kommen", riefen die kleinen Rotoffels und hopsten vor Begeisterung an die Höhlendecke. Im Gegensatz zu dem Rotoffel-Papa liebten sie Besuch. Besonders von Verwandten. Die Spinnoffels wohnten hoch im Norden der Rotoffelinsel. Sie waren schon eine Ewigkeit nicht mehr da gewesen und die Rotoffels hatten beinahe vergessen, dass es sie gab.

Übrigens sehen sich Rotoffels und Spinnoffels nicht sehr ähnlich. Während die Rotoffels nämlich knallrote, runde Köpfe haben, gleichen die Spinnoffelköpfe dünnen, blassroten Scheiben, an denen lange Spinnenbeine sitzen. Tatsächlich könnte man sie glatt mit Spinnen verwechseln!

Egal, die Rotoffels freuten sich unbändig auf sie! Es würde bestimmt noch lustiger in der Höhle zugehen als gewöhnlich!

In Windeseile bereiteten sie alles vor: Die kleinen Rotoffels bauten die Gästebetten und schafften Unmengen von Eicheln heran. Die Rotoffel-Mama kochte daraus Berge leckerer Gerichte.

Der Rotoffel-Papa tat nichts, außer vor sich hinzumurmeln: „Die spinnen, die Spinnoffels!"

Der Ururahn machte von Zeit zu Zeit „U-ahah!".

Und dann kamen sie. Die Rotoffels glaubten bei dem seltsamen Anblick zunächst an ein neues Spiel. Die Spinnoffels kugelten sich nicht unter lautem Geschrei vorwärts, wie es normal gewesen wäre, sondern näherten sich stumm, im Gleichschritt und in ordentlichen Zweierreihen.

Die Spinnoffel-Mama schritt vorneweg. „Wo ist denn der Teppich?“, rief sie noch vor der Begrüßung beleidigt. „Es ist *äußerst* unhöflich keinen roten Teppich auszulegen, wenn wir zu Besuch kommen! Wir sind schließlich keine gewöhnlichen Leute!“

„Die spinnen, die Spinn...“, fing der Rotoffel-Papa an, doch die Rotoffel-Mama fuhr rasch dazwischen: „Gastfreundschaft geht uns über alles! Lasst uns erst mal essen!“

„Na endlich“, sagte die Spinnoffel-Mama. „Meine Kinder sind schon am Verhungern!“

Verhungert sahen sie tatsächlich aus, die Armen, mit ihren Scheibenköpfen und Spinnenbeinen! Den Rotoffels taten sie herzlich Leid. Daher ließen sie ihnen auch beim Essen den Vortritt.

Vortritt lassen bedeutet eigentlich, dass man nachher selbst noch etwas abbekommt. Doch Pustekuchen! Die Spinnoffels saßen kaum, da verschlangen sie mit affenartiger Geschwindigkeit alles, was auf dem Tisch stand. Ohne sich dabei zu balgen, ohne zu schmatzen, ohne zu kleckern und vor allem ohne ein einziges Mal zu lachen! Wie automatische Fressmaschinen! Lautlos, gierig und präzise.

„Sie war gar nicht mal so übel, eure Vorspeise“, lobte

die Spinnoffel-Mama die aufgefressenen Köstlichkeiten gnädig. „Und was gibt es als Hauptgericht? Es ist *äußerst* geizig, Gästen nur Kleinigkeiten anzubieten!"

„Die spinnen, die ...", brummte der Rotoffel-Papa, doch bevor er weiterreden konnte, sagte die Rotoffel-Mama schnell: „Gastfreundschaft geht uns Rotoffels über alles! Gleich geht es weiter!"

Dass die Spinnoffels soeben nicht nur die Vorspeise, sondern auch das Zwischengericht, das Hauptgericht, das Nachgericht und das Dessert verschlungen hatten, das sagte sie nicht. Die Spinnoffels fraßen und die Rotoffels schafften ihre sämtlichen Vorräte aus der Speisekammer herbei – bis nichts mehr da war. Erst da erhoben sich die Gäste. Stumm stellten sie sich sofort in Zweierreihen auf. Der Rotoffel-Papa hoffte schon, dass sie nun wieder abreisen würden, doch die Spinnoffel-Mama rief: „Wo sind die Betten? Es ist *äußerst* nachlässig, müden Gästen keine Betten anzubieten!"

„Gastfreundschaft geht uns über alles", beeilte sich die Rotoffel-Mama zu sagen und führte die Spinnoffels in die Schlafhöhle.

„Gibt es hier auch keine Bazillen?", wollte die Spinnoffel-Mama wissen. „Wir Spinnoffels vertragen keine Bazillen!"

„Die spinnen, die ...", begann der Rotoffel-Papa, doch die Rotoffel-Mama war schneller. „Wir haben hier noch nie Bazillen gesehen", sagte sie. Und das stimmte.

„Nun gut“, antwortete die Spinnoffel-Mama gnädig. „Aber wir wünschen kein Getobe und keinen Lärm! Es ist *äußerst* unhöflich, Gäste nicht in Ruhe schlafen zu lassen!“

Das sahen die Rotoffels ein. Die armen Spinnoffels hatten bestimmt einen anstrengenden Tag gehabt! Sie gaben sich die allergrößte Mühe dem Besuch alles recht zu machen.

Trotzdem hatte die Spinnoffel-Mama ständig etwas zu meckern. Die Rotoffelhöhle war *„äußerst* unordentlich“, das Essen *„äußerst* mickerig“, die kleinen Rotoffels waren *„äußerst* laut und schlecht erzogen“ und vor allem *„äußerst* dreckspatzig“!

Das war sogar der Rotoffel-Mama zu viel: „Wir Rotoffels kugeln uns vorwärts. Da fällt aller Schmutz von alleine ab!“

„Heißt das, ihr habt euch noch nie gewaschen?“, rief die Spinnoffel-Mama empört. „Dann wird es aber äußerst höchste Zeit!“

„Die spinnen ...“, begann der Rotoffel-Papa, doch die Spinnoffel-Mama kreischte aufgeregt: „Ihr schleppt bestimmt jede Menge Bazillen mit euch herum.

Wir Spinnoffels haben keine Lust uns bei euch mit schlimmen Krankheiten anzustecken. Womöglich sogar mit der tödlichen Blaufäule!"

Von der tödlichen Blaufäule hörten die Rotoffels zum ersten Mal. Krankheiten waren ihnen überhaupt fremd. Trotz der vielen Bazillen, die sie womöglich schon jahrelang mit sich herumschleppten. Bei den armen Spinnoffels war das wohl anders. Die waren eben viel empfindlicher. Nicht so gewöhnlich! Darauf musste man wohl Rücksicht nehmen. Deshalb sagte die Rotoffel-Mama zu ihren Kindern: „Bevor ihr heute aus dem Wald nach Hause kommt, habt ihr euch gewaschen!"

„Aber vergesst den Puma nicht!", rief der Rotoffel-Papa. „Ein paar von euch sollten immer Wache halten!"

Bedrückt zottelten die kleinen Rotoffels ab. Der ganze Tag war ihnen verdorben! Als wenn die Angst vor dem Puma nicht schon schlimm genug gewesen wäre! Nun sollten sie sich auch noch waschen! Sich zu waschen fanden sie einfach unnatürlich! Ungewaschen nach Hause zu gehen, das trauten sie sich aber auch nicht. Missmutig ließen die kleinen Rotoffels die Köpfe hängen. Bis auf die natürlich, die nach dem Puma Ausschau hielten.

Da hatte Billi eine Idee: „Hat die Rotoffel-Mama eigentlich gesagt, womit wir uns waschen sollen?", fragte er.

Die anderen schüttelten die Köpfe.

„Dann ist es egal, was wir dazu nehmen?“

Die anderen nickten.

„Ja dann“, meinte Billi, „nehmen wir doch Blaubeersaft!“

Sofort begannen alle kleinen Rotoffels unter fröhlichem Gejohle Blaubeeren zu pflücken und sie sich gegenseitig an die Köpfe zu werfen. Es wurde eine regelrechte Blaubeerschlacht! Die reifen Beeren platzten und der blaue Saft lief den Rotoffels in Mund und Augen. Die Rotoffels kreischten vor Vergnügen. Ja, so machte das Waschen Spaß! Sie hörten erst damit auf, als sie alle über und über blau waren. Jetzt konnten sie mit gutem Gewissen nach Hause laufen!

Kaum erblickte die Spinnoffel-Mama die kleinen Blautoffels, da begann sie entsetzt zu kreischen: „Jetzt habt ihr es geschafft, ihr unsauberes Gesindel! Ihr habt die tödliche Blaufäule! Glaubt nur nicht, dass wir uns von euch anstecken lassen! Nicht eine Minute länger bleiben wir in eurer verseuchten Höhle!“

Damit verließen die lieben Verwandten fluchtartig die Rotoffelhöhle. Doch bevor sie im Wald verschwanden, drehte sich die Spinnoffel-Mama noch einmal um und schrie: „Wir besuchen euch nie, nie wieder! Lasst euch das gesagt sein! Und wenn ihr noch so sehr bittet!“

Die Rotoffels sahen ihnen verwundert nach.

„Aber Gastfreundschaft geht doch über alles“, sagte die Rotoffel-Mama ratlos.

Der Rotoffel-Papa lachte dröhnend: „Die spinnen, die Spinnoffels!“

Diesmal konnte er seinen Satz ungehindert zu Ende sagen.

Der große Knall

Es war schon eine ganze Weile her, seitdem die Rotoffels den Puma gesehen hatten. Umso größer war ihr Entsetzen, als das Ungeheuer eines Morgens direkt vor ihrer Höhle stand. Es lauerte so dicht vor dem Eingang, dass die kleinen Rotoffels ihm beinahe vor die Füße gepurzelt wären. Oder, noch schlimmer, direkt in seinen Rachen.

Glücklicherweise war Bulla diejenige, die die Höhle als Erste verlassen wollte. Und Bulla hatte von allen Rotoffels die meisten Augen. Sie hatte praktisch auf allen Seiten ihres Kopfes welche und so bemerkte sie den Puma noch rechtzeitig.

„Zurück!“, rief sie und alle kleinen Rotoffels purzelten hastig zurück in die Küche. Dass Balla-Balla dabei in den Topf mit warmem Eichelbrei fiel, war wirklich nicht so schlimm! Wenn man bedenkt, was ihr draußen hätte passieren können! Außerdem zogen die anderen Rotoffels sie sofort wieder aus dem Topf heraus.

Die Rotoffel-Mama aber war in heller Aufregung: „Jetzt weiß das Ungeheuer also schon, wo wir wohnen!“

„Und man kann keinen Schritt mehr nach draußen

machen“, fügte der Rotoffel-Papa hinzu, der sich sowieso so gut wie nie nach draußen bequemte.

„Wenn ich doch nur endlich das richtige Rezept für den Unsichtbarmacher finden würde! Irgendetwas fehlt einfach! Wenn ich nur wüsste, was?“

„Ich weiß, was es ist!“, rief der Rotoffel-Papa plötzlich.

„Was ist es? Was?“, wollten alle wissen.

Der Rotoffel-Papa war zwar ein großer Faulpelz, aber auch ein großer Nachdenker.

„Es fehlt ganz einfach der Zauberspruch“, sagte er.

Das leuchtete den Rotoffels ein. Aber den Zauberspruch, den konnte ihnen natürlich nur der Ururahn verraten.

„Wir müssen ihn unbedingt noch einmal wach bekommen!“, rief die Rotoffel-Mama. „Am besten wird es sein, wir versuchen es alle zusammen!“

„Ururahn! Ururahn! Ururahn!“, schrien, kreischten, grölten und brüllten alle auf einmal. Und das in so einer Lautstärke, dass der Ururahn tatsächlich sofort eines seiner Augen öffnete. Aber was die Rotoffels von ihm wollten, konnte er vor lauter Lärm nicht verstehen. Außerdem war er immer noch nicht richtig wach.

„Löwenzahn! Zauberzahn!“, krächzte er nur immer wieder zwischen zwei Schnarchern.

Da ging Billi ein Licht auf. „Ich glaube, der Ururahn meint gar nicht die Löwenzahn-Blume! Er meint den echten Löwenzahn. Den Zahn des Berglöwen, das ist es, was wir zum Unsichtbarmachen brauchen!“

„Löwenzahn, Zauberzahn, U-ahah", murmelte der Ururahn.

„Das ist es!", rief die Rotoffel-Mama begeistert. „Wir haben uns nur geirrt! Wenn wir aber erst den Pumazahn haben ..."

Ihre Begeisterung war plötzlich verflogen: „Wie sollen wir das nur anstellen?", fragte sie ratlos.

Alle machten Vorschläge.

„Ich werde dem Ungeheuer auf den Kopf springen. So lange, bis es einen seiner grässlichen Zähne ausspuckt!", erklärte Bulli mutig.

Die anderen sahen sich zweifelnd an. Sicher, Bulli war der dickste große kleine Rotoffel. Aber im Vergleich mit dem riesigen Puma war er doch winzig klein!

„Ich", meldete sich jetzt Balli, „ich werde wie ein geölter Blitz an dem Ungeheuer vorbeisausen und wenn es mich verfolgt, wird es stolpern, hinfallen und sich einen Zahn abbrechen!"

Nun sahen alle Balli zweifelnd an. Balli war der schnellste mittelgroße kleine Rotoffel, aber der Puma konnte doch beinahe fliegen! Nein, das war auch kein guter Vorschlag.

„Ich könnte ja ...", begann Balla-Balla. Doch weiter kam sie nicht. Schnell hielten ihr die anderen den Mund zu.

Keiner wagte sich auszumalen, was alles Entsetzliches passieren konnte, wenn ihr Pechvogel dem Ungeheuer einen Zahn abzuluchsen versuchte!

Jetzt richteten sich alle Blicke auf Billi. Billi hatte doch schon die Eichel-Knack-Methode und das Puck-Spiel erfunden.

„Ich, ich ...", stotterte Billi. „Ich bin dafür, dass der Puma seinen Zahn von alleine ausspuckt!"

Die Rotoffels klatschten begeistert in die Hände. Ja, dafür waren sie natürlich auch. Aber warum sollte der Puma das tun? Wieder sahen sie Billi erwartungsvoll an.

Billi überlegte krampfhaft, dann sagte er: „Weil er aus Versehen auf etwas sehr Hartes beißt. Auf etwas, das noch härter ist als ein Rotoffelkopf. Auf einen Stein zum Beispiel! Das kostet ihn bestimmt einen Zahn!"

„Aber Pumas fressen keine Steine", wandte der Rotoffel-Papa ein. „Die fressen am liebsten Rotoffels!"

„Dann muss der Stein eben wie ein Rotoffel aussehen“, sagte Billi. „Basta!“

Das war *die* Idee! Mindestens so gut, nein, sogar noch besser als die Eichel-Knack-Methode.

Die Rotoffels machten sich sofort ans Werk. Unnötig zu sagen, dass sie wegen des Pumas sehr vorsichtig waren!

Balla-Balla, Balli und Billi suchten einen passenden Stein, der so ähnlich aussah wie Bulli. Nur größer. Andere kleine Rotoffels sammelten Wurzeln, in der Form von Rotoffelbeinen. Wieder andere holten Baumharz von einer nahen Kiefer. Damit wurden die Wurzelbeine an dem Stein festgeklebt.

Die Rotoffel-Mama kochte inzwischen aus roten Blüten einen feuerroten Brei. Damit wurde der Steinrotoffel eingerieben. Billa malte ihm mit einem angekohlten Holzstückchen noch fünf Augen und einen breiten Mund. Das Ergebnis war einfach umwerfend: Vor den Rotoffels stand ein großer, leuchtend roter und sehr echt aussehender Steinrotoffel!

Bulli, Balla-Balla und Billi wollten nun keine Minute mehr verlieren und den Steinrotoffel sofort zum Heideberg schaffen. Dorthin, wo sie den Puma zum ersten Mal gesehen hatten.

Es war ein gefährliches Unterfangen! Der Weg zum Heideberg war weit und überall konnte ihnen das Ungeheuer auflauern.

Der Steinrotoffel war außerdem entsetzlich schwer und musste vorsichtig getragen werden, damit die Beine nicht wieder abgingen.

Die Farbe war auch noch feucht, sodass sich die drei schon in der Höhle damit über und über einschmierten. Aber das sah man nicht, sie waren ja sowieso schon rot.

Während die anderen Rotoffels ihnen sämtliche Daumen drückten, machten sich Bulli, Balla-Balla und Billi jetzt mutig auf den Weg.

Sie bewegten sich so leise wie möglich. Immer wieder sahen sie sich ängstlich nach dem Puma um. Das kleinste Geräusch ließ sie zusammenzucken. Mehrmals mussten sie ihre schwere Last absetzen um wieder zu Atem zu kommen.

Endlich hatten sie ihre Lieblingseiche auf dem Heideberg erreicht. Sie wollten gerade ein bisschen verschnaufen, da sahen sie gar nicht weit entfernt auch schon den Puma. Er stand genau an der gleichen Stelle wie beim ersten Mal: direkt gegenüber auf dem Blaubeerhügel. Aus seinen Augen schossen tückische Blitze.

Vor Schreck ließen Bulli, Balla-Balla und Billi den Steinrotoffel los und kletterten so schnell sie konnten die Eiche hinauf. Nun geschah alles sehr schnell: Der Steinrotoffel kullerte den Abhang hinunter, der Puma machte einen gewaltigen Satz und erwischte ihn im Flug. Das nun folgende scheußliche Knirschen, Knacken und Splittern konnten die kleinen Rotoffels sogar oben in ihrem Baum hören.

Der Puma heulte wütend auf, wobei ein rot gefärbter Stein aus seinem Rachen flog, neun zerquetschte Wurzelbeine und – etwas sehr Langes, Weißes, Spitzes. Er hatte sich tatsächlich einen Zahn ausgebissen!

Bulli, Balla-Balla und Billi hätten trotz ihrer Angst beinahe in ihre siebenundzwanzig Hände beziehungsweise Füße geklatscht. Aber sie ließen es lieber, bis der Puma das Weite gesucht hatte.

„Der Zahn! Der Zahn!“, jubelten sie dann. „Es hat funktioniert! Er hat den Zahn ausgespuckt! Wir müssen ihn holen, bevor das Ungeheuer zurückkommt!“

Schnell kletterten sie vom Baum herunter, hoben den kostbaren Pumazahn auf und brachten ihn auf dem schnellsten Weg nach Hause.

War das eine Freude in der Rotoffelhöhle! Die Rotoffels machten so viel Lärm wie seit langem nicht mehr!

„Wir haben den Pumazahn! Wir haben den Löwenzahn!“, brüllte es aus allen Ecken.

„Jetzt fehlt uns nur noch der Zauberspruch“, sagte der Rotoffel-Papa.

„Richtig“, sagte die Rotoffel-Mama. „Ururahn, wach auf!“, rief sie eindringlich. Sie schüttelte den Ururahn so energisch, dass er sofort wach wurde.

„Sag uns den Zauberspruch!“, verlangte die Rotoffel-Mama.

„Den Zau-ber-spruch!“

Der Ururahn strengte sich ungeheuer an, das sah man deutlich. Dann krächzte er:

„Löwenzahn, Zauberzahn!
Deine Kraft ist wunderbar,
mach ...
... schnarch-rr-pfft!“

Damit fielen ihm die Augen zu und er war durch nichts, aber auch gar nichts wieder wach zu bekommen.

Das war zu dumm, denn dass der Zauberspruch so nicht vollständig war, begriff selbst der klitzekleinste Rotoffel.

Also fingen jetzt alle an zu rätseln, wie der Zauberspruch wohl weiterging.

„Mach ..."
„Mach ..."
„Mach, dass ..."
„Mach, dass alles wieder gut wird", schlug Billi vor.
„Mach den Puma müde", probierte Bulla.
„Mach mal Pause, Puma!", rief Bullili.
„Ist doch alles Blödsinn", übertönte der Rotoffel-Papa das allgemeine Geschrei. „Zaubersprüche müssen sich reimen, das weiß doch jeder!"
„Stimmt", sagte die Rotoffel-Mama. „Kommt, versuchen wir es noch mal von vorn!"
Und alle riefen gemeinsam:

„Löwenzahn, Zauberzahn!
Deine Kraft ist wunderbar,
mach ..."

„... Rotoffels unsichtbar!", krähte da Ballilini, der klitzekleine Rotoffel, der den Zauberspruch selbst gar nicht nötig gehabt hätte. Der Puma hätte ihn nur mit einer Lupe sehen können. Und Pumas haben bekanntlich keine Lupen.

Aber wie dem auch sei: Das war der Zauberspruch! Kaum hatte Ballilini das letzte Wort ausgesprochen, gab es einen großen Knall. Die Höhlenwände zitterten. Die Rotoffels zitterten mit. So sehr, dass ihnen schwindlig davon wurde. Dann war plötzlich alles vorüber. Die Höhlenwände hörten auf zu wackeln. Und die Rotoffels fühlten sich plötzlich ganz merkwürdig.

Sie blickten sich an und stellten fest: Sie sahen aus wie immer. Sie konnten sich alle sehen. Aber sie fühlten sich ganz anders! Sie fühlten sich einfach wunderbar!

„Ich wette acht Pumas", sagte der Rotoffel-Papa, „dass wir jetzt unsichtbar sind. Keiner kann uns mehr sehen, außer wir uns selbst natürlich!"

So hoch hatte der Rotoffel-Papa noch nie gewettet. Er musste seiner Sache ziemlich sicher sein. Und er hatte Recht: Der Zauber hatte gewirkt. Die Rotoffels waren für alle Nichtrotoffels unsichtbar.

Von diesem Tag an konnten die kleinen Rotoffels wieder unbekümmert im Wald herumtollen, Eicheln sammeln und sie sich gegenseitig an die Köpfe werfen. Trafen sie zufällig den Puma, der sie ja jetzt nicht mehr sehen konnte, dann kicherten sie frech und sein wütendes Gefauche fanden sie einfach zum Kugeln!

Übrigens verschwand der Puma bald darauf wieder von der Rotoffel-Insel. Er konnte es wohl nicht länger ertragen dauernd leckere Rotoffels zu wittern, ohne sie fangen und fressen zu können. Er zog woanders hin und gewöhnte sich, soweit bekannt ist, das Rotoffelfressen ganz und gar ab.

Die Rotoffels fanden schnell zu ihrem alten, lustigen Leben zurück. In der Höhle jaulten, jodelten, quietschten, schrien und brüllten sie bald wieder wie in alten Zeiten. Die Rotoffel-Mama kochte und der Rotoffel-Papa wettete wieder um Pumas.

Nun wollten sich die Rotoffels eigentlich wieder sichtbar machen. Der Puma war ja verschwunden. Aber der Einzige, der ihnen den richtigen Zauberspruch hätte sagen können, war der Ururahn und der schlief wieder mal ganz tief.

Er hatte ja auch eine Menge nachzuholen.

Katharina Kühl, geboren 1939 in Stettin, studierte Soziologie und Sprachen. Seit 1971 ist sie freie Autorin und schreibt Hörspiele, Hörfeatures sowie Kinder- und Jugendbücher. Katharina Kühl lebt in der Nähe von Hamburg.

Michael Schober, geboren 1966 in Bayreuth, studierte an der Fachhochschule Nürnberg. 1988 erhielt er den Förderpreis der Fachhochschule für Illustration. Seit einigen Jahren arbeitet er als freiberuflicher Illustrator für verschiedene Kinderbuchverlage. Michael Schober liebt Maulwürfe, weil sie wie er selbst erst nach Sonnenuntergang aktiv werden.